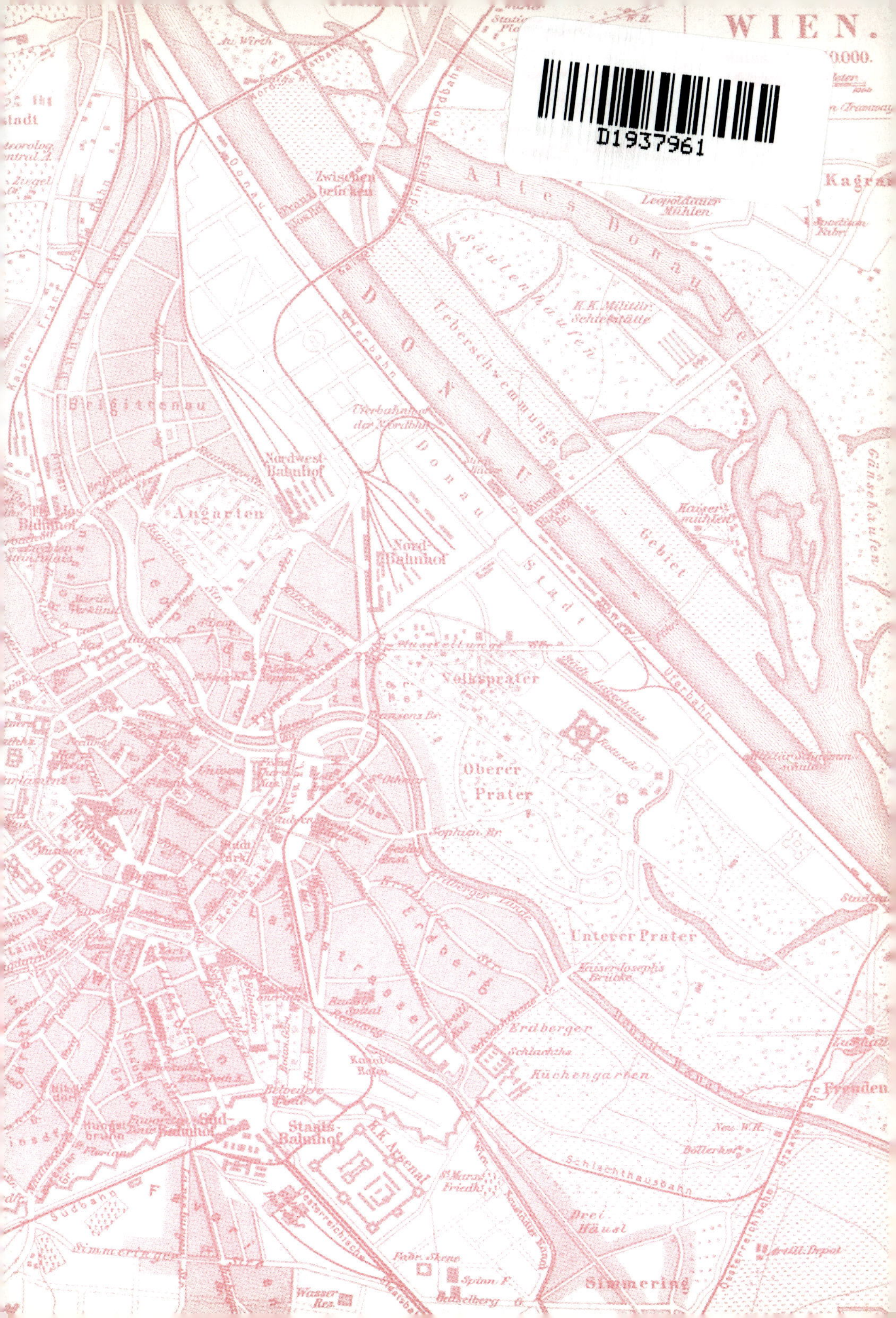
WIEN.
Altes Donau-Bett
DONAU
Donau
Brigittenau
Nordwest-Bahnhof
Augarten
Nord-Bahnhof
Zwischenbrücken
Leopoldauer Mühlen
Kagran
K.K. Militär Schiessstätte
Ueberschwemmungs-Gebiet
Kaisermühlen
Gänsehäufen
Volksprater
Rotunde
Stadt. Lagerhaus
Uferbahn
Oberer Prater
Unterer Prater
Militär Schwimmschule
Sophien Br.
Erdberger Lände
Kaiser Josephs Brücke
Donau Kanal
Erdberger
Schlachths
Küchengarten
Landstrasse
Erdberg
Hofburg
Staats-Bahnhof
Süd-Bahnhof
K.K. Arsenal
Südbahn
Schlachthausbahn
Döllerhof
Neu W.H.
Drei Häusl
Artill. Depot
Simmering
Freuden

Im Innern von Wien

Erzählungen

von

Trude Ackermann

Im Innern von Wien

Erzählungen

von

Trude Ackermann

V I N D O B O N A
INTERNATIONALER LITERATUR UND LYRIK VERLAG

Die Deutsche Bibliothek - CIP-Einheitsaufnahme
Ackermann, Trude:
Im Innern von Wien / Trude Ackermann -
Wien, VINDOBONA VERLAG
Internationaler Literatur- und Lyrik Verlag, 2000
ISBN-3-85040-024-7

VINDOBONA VERLAG
Internationaler Literatur und Lyrik Verlag
1030 Wien, Kegelgasse 45

Fotos: Trude Ackermann
Satz und Druck: Druckerei Hawelka
1160 Wien, Seeböckgasse 41
ISBN 3-85040-024-7
Printed in Austria - Imprimé en Autriche

Vorwort von Erika Pluhar

In den vierzig Jahren, die ich als dort tätige Schauspielerin am Burgtheater zugebracht habe, bis ich im Februar 1999 „in Pension" ging - in all diesen Jahren war mir dieses Theater ohne Trude Ackermann irgendwie undenkbar. Nicht, daß wir die innigsten Freundinnen gewesen wären. Nicht, daß oft sehr viel Wasser die Donau hinuntergeflossen ist, ehe wir einander wieder irgendwo begegneten - oft nur durch Zufall, sei es in der Kantine oder am Garderobengang des Theaters. Gemeinsames Arbeiten hat uns, vor allem in den letzten Jahren, kaum zusammengeführt. Aber sie schien mir stets eine unverzichtbare Facette dieses Theaters zu sein. Ein Teil dessen, was wohl die „Seele" eines Theaters ausmacht. Wie so vieles in unseren vorrangig materialistisch ausgeprägten Zeiten ist auch das Theater weitgehend entseelt worden, zu Gunsten einer rein medialen Präsenz. Trude Ackermann ist die unverzagte Vertreterin einer aussterbenden Spezies von Schauspielern. Es sind die, die das Theater - und im Speziellen das Burgtheater - lieben können, ohne davon besessen sein zu müssen. Die ihren Beruf so sehr als Berufung empfinden, daß er ihnen niemals nur als Selbstzweck oder Karriereplattform wesentlich ist. Die sich in das Geschehen eines Theaters eingebunden fühlen und nicht nur den persönlichen Ehrgeiz walten lassen.
Aus aller Distanz und bei aller Seltenheit unserer Begegnungen habe ich Trude Ackermann immer so wahrgenommen. In letzter Zeit, seit ich immer wieder Teilnehmerin bei Lili Stepaneks zauberhaften Nachmit-

tagstee-Einladungen sein darf, wo vor allem Schauspielerinnen des Burgtheaters - heutige und gewesene - sich um diese wunderbare Frau scharen, habe ich „die Trude“ intensiver, privater und näher erfahren.
Bis ich zuletzt erfuhr, was ich in all den Jahrzehnten nicht wußte: daß sie eine ausgezeichnete Schreiberin ist! „D'rum“, dachte ich sofort, als man mir ihr Manuskript vorlegte, und ich zu lesen begann, „das ist der Grund, warum sie einem Theater treu bleiben kann, ohne ihm verfallen oder von ihm frustriert zu sein!
Sie kann s c h r e i b e n !“
Und das kann sie wirklich. Ihre schriftstellerischen Miniaturen sind im wahrsten Sinn dieses Begriffs „zu Herzen gehend“. Sie schälen den tiefen Gehalt des Alltäglichen ohne Pomp aus seiner schlichten Hülle. Ob sie jetzt Situationen und Bereiche im Theater beschreibt - oder ihre persönliche Sicht auf Wienerisches, dort, wo es in der Stille blüht, oder so, wie man verlernt hat, Wien zu sehen - oder wenn sie, um nur etwas herauszugreifen, mit wenigen Sätzen das Schicksal einer Frau zeichnet, die auf der Straße unbeachtet dahingeht - sie beschreibt nicht nur, was „Im Innern von Wien“ ihr sichtbar wurde, sondern auch, was im Innern von uns Menschen so häufig unsichtbar bleibt. Sie ist auch als Schreiberin ein Mensch des Theaters geblieben, „unsere Trude“. Sie hat gelernt, den inneren Vorgängen höchste Aufmerksamkeit zu schenken, und ihnen dann eine äußere Form zu geben, in denen sie sichtbar werden.
Es ist ihr auch schreibend geglückt.

Erika Pluhar,
am 12. März 2000

Hinter den Kulissen

des Burgtheaters

Mitten im Herzen der Stadt, wiederaufgebaut, nach schweren Verletzungen, steht es da, das Burgtheater, prächtig, herrlich, in all seiner theatralischen Würde. Vieldiskutierter, geschmähter, heißgeliebter Mittelpunkt der Wiener. Doch hoch oben auf dem First thront Apoll, der mit erhobener Hand dem Passanten deutet, was ein Parnaß ist! Im selben Augenblick trunken und nüchtern zu sein, das ist das Geheimnis der Poesie. Denn darunter, entlang der Hauptfassade, ein Fries taumelnder Leiber: Der Zug des Bachus und der Ariadne.

Im Innern des Hauses erzählen Feststiege und Ahnengalerie alte, feierliche Geschichten, von den Göttern der Schauspielkunst, aus längst verblichenen Zeiten. Doch hinter den Kulissen, da bewegt sich das Leben nach seinen eigenen Gesetzen.

In der Garderobe

Links und rechts der Bühne befinden sich die Garderoben, streng getrennt nach den Geschlechtern: Links die Herren, rechts die Damen. Die „Damenseite“ und die „Herrenseite“. Sie sind Begriffe geworden, auch bei der künstlerischen Arbeit.

Auf den ersten Blick und bei Tageslicht sieht die Theatergarderobe nicht anders aus als ein mit merkwürdigem Mobiliar angeräumtes kleines Zimmer. Ein Waschbecken in der Ecke strahlt weiße Sauberkeit aus, auf einem Tischchen ruht in kühler Sachlichkeit ein abgegriffenes Textbuch.

Das Sofa an der Wand nimmt sich mit seinem samtenen

Überwurf allerdings schon etwas zu theatralisch aus und der Perückenkopf, der auf einem kleinen, wackeligen Tischchen steht, sieht fast ein wenig unheimlich aus.
An einer Messingstange, die quer über dem Raum angebracht ist, hängen, grau und unansehnlich, die Theaterkostüme und unterscheiden sich noch kaum von anderen ganz gewöhnlichen Kleidern. Glanzlos hängen sie an ihren Haken, nur ein paar Spitzen, Federn und Rüschen lassen sie ein wenig lächerlich erscheinen. Doch der Platz, den sie hier einnehmen, in der Mitte dieses Raumes, läßt schon etwas von ihrer Wichtigkeit und großen Macht erahnen. Manche Kostüme sind sehr alt, kommen aus anderen, längst abgespielten Stücken. Ein ganz spezieller, kaum wahrnehmbarer Hauch von Kulissenstaub, Farbe und Parfum umgibt sie mit einem verborgenen Zauber. Einige von Ihnen wurden bereits von großen Schauspielern getragen und strahlen nun ehrfurchtgebietende Erinnerungen aus. Sie wurden aus dem sogenannten Fundus geholt, einem nach Mottenpulver riechenden Aufbewahrungsort, wo sie unter anderen verschlissenen Kostümen oft jahrelang auf ihre nächste Verwendung warten müssen. Nun hängen sie hier, diese ehrwürdigen, alten Kostüme. Kunstvoll geflickt, gefärbt und aufgebügelt. Neben ihnen, da hängen die neu angefertigten Kostüme, wie Fremde hier im Theater, die in ihrer adretten Sterilität nicht so recht in das intime Ambiente dieses Raumes passen wollen.
Ungewöhnlich und erstaunlich sind all die Dinge, die auf dem Schminktisch, in einer für den Laien unverständlich chaotischen Ordnung nebeneinander angehäuft sind. Da steht neben all den Tiegeln, Dosen, Fläschchen, Stiften,

Bildchen und kleinen Photos ein scheinbar besonders eigenartiges und sinnloses Ding:
Das Maskottchen, ohne das kein Schauspieler je seine Arbeit beginnen würde. Als ein uraltes Symbol der Kindlichkeit und des am Theater ewig gültigen Aberglaubens, steht es da. Ein zerzaustes, häßliches, kleines Tierchen, ein Püppchen, kunstlos und billig hergestellt.
Der große Spiegel an der Wand gibt all diesen Dingen ihre zweideutige Doppelbödigkeit. Die Theatergarderobe, so widersprüchlich und wunderbar, so rätselhaft und geheimnisvoll, wo Raum und Zeit sich auflösen in Unwirklichkeiten, wo sich jeden Abend die große Verwandlung vollzieht, sie ist Arbeitsplatz, Wohnung und einzig wirkliche Heimat des Schauspielers.
Wenn es Abend geworden ist und der Schauspieler seine Garderobe betritt, das Licht über dem Schminktisch den Raum nur teilweise erhellt, ihm aber seine schattenreich, dunklen Geheimnisse bewahrt, wenn Garderobiere und Maskenbildner, die unentbehrlichen Vertrauten, in heiterer Geschwätzigkeit den Raum beleben, dann beginnt ein Knistern und Rauschen, von Stoffen und Federn, von Gedanken und Phantasien. In Stille und lärmender Geschäftigkeit, in gelöster Entspannung und vibrierender Erregung, zwischen Konzentration und Nervosität, beginnt nun die Arbeit des Schauspielers.
Die sonderbaren Fläschchen, Tiegeln und Tuben auf dem Schminktisch, das häßliche kleine Maskottchen, Perücke, Spitzen, Federn und Kleider, sie alle sind nun Helfer und Gefährten auf dem Weg der Vereinigung mit den anderen Menschen.
Ein abgegriffenes Textbuch, das bescheiden auf einem

kleinen Tischchen liegt, doch Zeuge vieler Stunden harter Arbeit, mancher Freuden und mancher Verzweiflungen ist, wird aufgeblättert... Der Autor, der heute Abend gespielt werden soll, hat Einzug gehalten.

Während der Schauspieler die Worte des Dichters nun mechanisch, jedoch fein ziseliert vor sich hermurmelt, beginnt er langsam seine Alltagskleider abzulegen. Steht nun vor dem Spiegel, steht vor seinem unbekleideten Ich, hat nun nichts mehr an sich, hinter dem er sich verbergen könnte, die dünnen Schichten der Konventionen hat er abgestreift. Hemden, Kleider, Schuhe, sie alle, die hier abgelegt wurden, haben nun ihren Sinn verloren, kommen aus einem anderen Leben, aus einer anderen Zeit, die der Schauspieler hier mit ihnen verlassen hat. Hier und jetzt kann nichts mehr beschönigt, nichts mehr verdeckt werden. Nur er, der Mensch, der hier vor dem Spiegel steht, ist von Gültigkeit. Jede Falte, jede Pore seines Körpers ist ein Teil seines Ichs, seiner Person, verrät die Geschichte seines Lebens, verrät Wahrheiten, die unter der Haut liegen. Und all die Unsichtbarkeiten, das zarte Geflecht der Empfindungen, sie müssen hier in der Stille der kleinen Garderobe, behutsam bloßgelegt und zum Klingen gebracht werden. Sie sind die Instrumente, auf denen der Schauspieler draußen auf der Bühne spielen wird.

Doch noch klingen die Worte des Dichters glasklar, unemotionell, erlauben sich noch nicht hinunterzusteigen in das leicht verwirrende, leicht zerstörbare Labyrinth vielschichtiger Empfindungen. Ausschließlich auf Sinn und Wahrhaftigkeit werden die Worte hier in der Garderobe reduziert und geordnet. Erst wenn der Schauspieler die Kostüme von den Haken genommen hat und sich mit ihnen zu bekleiden beginnt, vollzieht sich das wunderbare Geheimnis der Metamorphose. Die Wiedergeburt eines neuen Menschen nimmt ihren Anfang. Schuhe, Hemden, Kleider mit all ihrem Beiwerk sind nun keine Kostüme mehr, entfalten ihre tiefe Bedeutung, ihre große Macht. Schillernd, knisternd bewegen sie sich und vollbringen das Wunder der Verwandlung, der Verwandlung von Körper und Seele. Größe, Gestalt und Gebärden des Schauspielers haben nun nichts mehr gemein mit dem Menschen, der vor einer Weile die Garderobe betreten hat.

Verzaubert, verwandelt verläßt er als ein Anderer seine Garderobe und begibt sich hinaus auf die Bühne, hinaus in das wunderbare Reich der Phantasie.

In der Kantine

Ein wichtiger, keineswegs zu unterschätzender Raum, befindet sich gleich rechts vom Bühneneingang. Die Kantine, kahl und geheimnislos, gleicht sie einer Bahnhofshalle und will sich durchaus nicht in die ernste Schönheit des Hauses fügen. Doch irgendwie herrscht hier eine gewisse verworrene, sonderbar hierarchische Ordnung. Den „Künstlertisch“, der einmal nur den ganz Großen vorbehalten war, gibt es wohl nicht mehr. Die erhabene Würde der großen Burgschauspieler ist langsam verschwunden. Die Burg- und Kammerschauspieler haben ihre distanzierte Unnahbarkeit verloren, sind ein bißchen näher gerückt.

Hastig eilen die durchreisenden Spitzenstars vorbei, heimatlos reisen sie von Theater zu Theater, haben keine Zeit für schöpferische Kommunikation, keine Zeit für sanftes Geplauder.

Der Stab des technischen Personals ist groß geworden: Bühnenarbeiter, Requisiteure, Beleuchter, Maskenbildner, Garderobiere, Souffleusen, Sekretärinnen. Beamte, und Dramaturgen, und die Mitglieder der Direktion, sie alle, die ihr Leben hinter den Kulissen verbringen, bevölkern die Kantine.
Die Schauspieler sitzen gruppenweise, immer noch nach ihren unabwendbaren, hierarchischen Gesetzen. Doch sie verlieren sich nun etwas in dem lauten Getriebe, sind keineswegs mehr glanzvoller Mittelpunkt. Kein Raunen, kein Flüstern geht durch den Saal, wenn einer der Großen die Kantine betritt.
Da gibt es den Tisch der Kleindarsteller. Sie warten auf ihre winzigen Auftritte, auf ein Lob, ein Tadeln, eine Kritik von den Kollegen. Sie warten auf „bessere" Rollen, eine Chance, auf den „Durchbruch" - ein Leben lang. Hier sitzen sie, die kleinen Schauspieler der großen Menschendarstellung. Es sind die Kostbaren, die mit unendlicher Liebe und Sorgfalt, mit ein paar Sätzen Menschen gestalten, mit ein paar Strichen Schicksale zu zeichnen vermögen.
Anders der Tisch der Behinderten, Verkannten. Verbittert sitzen sie in ihren Ecken, sprechen eine Sprache, die nicht verstanden werden will. Hier sitzen sie, mit ihrer verlorengegangenen Phantasie, mit ihren verkümmerten Wünschen und Hoffnungen. Die vielen nicht gespielten Rollen haben sie müde gemacht. Doch als willenlos, gehorsame Instrumente extravaganter Regisseure sind sie ein wenig brauchbar geworden, verzweifelte Befehlsempfänger, jederzeit abrufbar, jederzeit verwendbar.
An anderen Tischen sitzen die Bewohner der Kantine. Niemand hat sie je kommen oder gehen gesehen, sie sind

immer da, gehören zum Inventar. Hier ist ihre Heimat, ihr Zuhause, in sauerstoffloser Luft, bei ständig künstlichem Licht, bei Staub und Kulissengeruch entfalten sie sich, hier allein fühlen sie sich wohl, lernen an ihren Rollen, treffen sich mit Freunden und Kollegen. Lustiger und trauriger Theatertratsch blüht an diesen Tischen.

Ein Kommen und Gehen ist am Tisch der Vielbeschäftigten, der Manager und Terminschauspieler. Sie haben immer wenig Zeit. Mit großen Aktentaschen eilen sie von Fernsehen zu Funk, von Werbung zu Probe. Ihre Kalender sind voll bespickt, auf Minuten eingeteilt. Durch meisterhaft ausgeklügelte Verfahren verstehen sie es, in allen Medien, allen laufenden Produktionen fast gleichzeitig anwesend zu sein. Sie haben vergessen, welchen Beruf sie ergriffen haben, und gehen ihren Geschäften nach. Irgend etwas vom Urkomödianten scheinen sie in all der Hast verloren zu haben. Vielleicht die einfache Neugierde, das Staunen, die kindhafte Freude am Spiel. Sie sind erwachsen geworden, die einzig Erwachsenen unter den Schauspielern.

Aber auch andere Schauspieler mit großen Aktentaschen haben hier ihren Sitz. Es sind die Mitglieder des Betriebsrates und der Ensemblevertretung. Sie kommen meist gerade von einer Sitzung, haben viel Wichtiges zu besprechen. In dicken Akten versuchen sie, die komplizierten, schwer gehbaren Wege zwischen Bürokratie und Kunst zu gehen. Viele verlieren sich in ihrem labyrinthischen Gehege.

Etwas abseits sitzen die alternden Schauspieler. Vor wenigen Jahren waren sie noch strahlender, viel begehrter, viel umworbener Mittelpunkt des Hauses. Hier sitzen sie, die verblühten Ophelias, Mortimers und Ferdinands, plötzlich vergessen, stehengelassen und abgestellt. Nicht alle finden einen „Übergang“, einen Weg zum altgewordenen Ich. Noch lange nicht erwachsen, staunend, wehrlos, fassungslos, stehen sie dem hereinbrechenden Alter gegenüber. Die Verwandlung, die sie so meisterhaft beherrschten, die ihr Beruf ist, ihr Leben ausgefüllt hat, hat plötzlich, ohne ihr Zutun, stattgefunden und Besitz von ihnen ergriffen, ist nicht mehr zu steuern. Niemand ist ihr so hilflos ausgeliefert wie der Schauspieler.

Am Tisch der Komparserie ist die Hierarchie besonders fein gegliedert, treibt der Ehrgeiz wilde, absonderliche Blüten. Der eigentliche Stamm der Komparserie besteht aus acht bis zehn Männern und Frauen, die mit unsagbarer Liebe, felsenfester Treue und weniger festen Verträgen seit Jahrzehnten an dieses Haus gebunden sind. Meist sind es hochgebildete Leute mit abgeschlossener Schauspielprüfung und vielseitigen Talenten. Aber kein anderer Beruf, wäre er noch so aussichtsreich und lukrativ, ist so verlockend, wie teilzunehmen an der Theaterarbeit. Hier ist man absolut und bedingungslos dem Theater verfallen. Hier verbringen sie ihr Leben, die stummen Schauspieler, hier altern sie in ewig unglücklicher Liebe zu diesem Haus, immer am Rande des dramatischen Geschehens, kaum bemerkt und doch in ihrer absoluten Hingabe ein nicht zu vermissender, rührender Bestandteil dieses Phänomens Burgtheater.

Die Regisseure haben selten ihre eigenen Stammtische, gehören meistens nicht zum Haus, sind Durchreisende aus anderen Städten und Ländern. Und doch sind sie unbedingter Mittelpunkt der Kantine, ewiges heiß umstrittenes Gesprächsthema an allen Tischen. Geliebt, gehaßt, verachtet, vergöttert - stets ist die Beziehung des Schauspielers zu seinem Regisseur emotionsgeladen. Diktatoren, Machthaber, nach deren Willen die Schauspieler wie Marionetten zu funktionieren haben, oder Wegbereiter, subtil lauschende, behutsame Vermittler und Gefährten auf der Suche nach den Abgründen der menschlichen Seele und ihren endlosen Verstrickungen.

Alles ist hier vertreten: die Terminschauspieler, die Verkannten, die Bewohner der Kantine, die alternden Schauspieler. Nur eines ist hier absolut nicht zu finden, sucht man hier vergebens: Pfründner, Schauspielbeamte und Pensionsempfänger. Nicht einer unter ihnen, der nicht mit brennend heißem Bemühen wünscht, seinen Beruf voll Fleiß und Hingabe auszuüben. Nicht einer, der nicht von dem Manuskript einer Rolle zu neuem, nie dagewesenem Leben erweckt worden wäre. Keiner, der nicht Talent und Leistungsnachweis vorgebracht hat, um in diesem Haus zu bestehen. Hier sitzen sie alle, fein gestimmte, leicht zerstörbare Instrumente eines Betriebes zur Fertigstellung literarischer Erzeugnisse. Hier werden sie sortiert, abgestimmt, geformt, gelenkt, entfaltet, nach Brauchbarkeit und Verwendung. Irgendwo hinter verschlossenen Türen befindet sie sich, diese rätselhafte Macht, von kafkaesker Dämonie und Größe. Niemand weiß, wo sie beginnt und wo sie endet. Niemand, weder der amtierende Direktor, noch sein Stab von Sekretären und Dramaturgen, noch die Regisseure und ihre Schauspieler sind je Herr geworden über ihre komplizierte Maschinerie.

Hier wird Menschenmaterial verarbeitet, nach Brauchbarkeit und Verwendung. Hier wird das unsichtbare Räderwerk namens Burgtheater mit Zufällen, Ideen, Irrtümern, Wahrheiten, Dichtern, Talenten, Launen und Gefühlen

gespeist und in Gang gehalten. Hier werden Schicksale geschmiedet, Urteile gefällt. Der Urteilsspruch wird meist nicht bekanntgegeben, man ist ihm ausgeliefert.
Der absolute Schuldspruch ist die Nichtbeschäftigung. Niemand weiß, wen es trifft. Keiner ist sich einer Schuld bewußt. Über viele wird er verhängt, an jedem kann er vollzogen werden. An den Kleinen, den Großen, den Erfolgreichen, Jungen und Alten. Jedem Schauspieler sitzt die Angst im Nacken, der Nächste zu sein. Denn dann gibt es kein Entrinnen. Der Bühnenluft beraubt, ist der Schauspieler nicht lebensfähig, verkümmert, verkrüppelt. Anfangs wehrt man sich, sucht nach der Schuld, versucht sie zu ergründen, läuft gegen verschlossene Türen, verläßt das Haus, geht an ein anderes Theater, um nach Jahren wiederzukommen. Denn wer einmal dieses Haus betreten hat, kommt nicht mehr davon los, ist mit geheimnisvollen Fäden daran gebunden.
Auch andere Urteile werden gefällt; sie entscheiden, mit welchen Menschen, Zeitabschnitten, Dichtern man sich in den nächsten Monaten, vielleicht auch Jahren zu identifizieren hat. Manuskripte gehen unsichtbare Wege über Büros und Kanzleien in die Hände der Schauspieler. Die Rolle, die man zu spielen hat, steht auf dem Aktendeckel des Manuskripts. Es wird der Mensch sein, der ab jetzt Besitz von einem ergreifen wird. Niemand kann das Gefühl beschreiben, wenn ein Schauspieler das noch jungfräuliche Manuskript öffnet und zu lesen beginnt. Es ist der Moment, wo man das Haus, die Kantine verläßt, beflügelt, voller Erwartungen. Vorsichtig und behutsam versucht man sich diesem Gebilde aus Phantasie, Papier und Buchstaben zu nähern. Jetzt gilt es, den schwarz auf weiß geschriebenen

Sätzen Leben einzuhauchen. Der schwierige Prozeß der Geburt eines Menschen hat begonnen. Als ein anderer betritt man am nächsten Tag das Haus, die Kantine - das Ungeborene unter dem Arm. Noch ist es Text, der in ewigen Wiederholungen durch das Hirn wandert, oft spröd sich sträubend, dann wieder sich überstürzend, von Leben durchpulst. In ein paar Wochen wird diese Schöpfung das (Scheinwerfer-) Licht der (Bühnen-) Welt erblicken. Am Tag der Premiere wird sich herausstellen, ob es ein Mensch aus Fleisch und Blut, mit einem denkenden Gehirn und einem pochenden Herzen ist, oder blutleer, eine Mißgeburt, nicht lebensfähig.
Die Probenarbeit, der Prozeß der Verwandlung, hat begonnen. Nun beginnt auch die eigentliche Funktion der Kantine, als ein Ort zwischen Wirklichkeit und Spiel, zwischen Sein und Schein.

Theateralltag

Die Verwandlung, die die tägliche Theaterarbeit durchpulst, hier in der Kantine findet sie fließend und übergangslos statt. Morgens um 8 Uhr wird die Kantine geöffnet. Es ist die Zeit des technischen Personals. Die Bühnenarbeiter in ihren blauen Overalls setzen sich an ihre Plätze. Ein Geruch von Bier und Kulissenstaub durchdringt den Raum. Hier und da schleicht sich ein verschlafener Schauspieler ein, setzt sich in eine Ecke, trinkt seinen Kaffee. Irgendwie gehört er nicht hierher, ist ein Fremdkörper. Zirka um 9 Uhr verlassen die blauen Overalls die Kantine.

Schauspieler, Inspizienten, Komparsen, Regisseure, Regieassistenten beginnen langsam die Kantine zu bevölkern. Zehn Minuten vor 10 Uhr verschwindet der Inspizient, um durch den Lautsprecher den Probenbeginn anzusagen. Regisseure, Souffleusen, Regieassistenten begeben sich an die Arbeit. Die Schauspieler, die die Probe beginnen, trinken hastig ihren Kaffee, werfen noch einen Blick in das Textbuch, denn dann ertönt das Klingelzeichen. Es ist ein ganz gewöhnliches Läuten, wie man es von der Schule her kennt, wenn der Unterricht beginnt.

Hier aber ist es ein Signal, das zu einem neuen Leben ruft. Das Zeichen, das jeder Schauspieler immer in sich trägt. Das Zeichen, daß die Verwandlung, das Spiel, oder das Leben beginnt. Unwillkürlich steigt der Pulsschlag, fließt das Blut schneller durch die Adern.

Die Probe beginnt: Draußen vor dem Haus bewegt sich die Wirklichkeit. Hier versucht man sie wahrzunehmen, in mühsamer Kleinarbeit zu filtrieren und sichtbar zu machen. Nun werden Nerven, Gefühle, Gedanken, sorgfältig und behutsam bearbeitet, seziert und bloßgelegt.

Speisengerüche aller Art durchdringen bald die Probenräume. Die Kantine mahnt an ihre absolute Existenz. Sie waltet ihres Amtes, geleitet von den Gesetzen der Unlogik, allen Errungenschaften der neuesten Technik zum Trotz. Modernste Dunstabzüge und Entlüfter, hier versagen sie auf rätselhafte Weise ihren Dienst. Während man im ganzen Haus über die neuesten Anlagen der Technologie verfügt, haben die einfachsten technischen Einrichtungen hier ihre Macht verloren. Der Theateralltag läuft.

Manchmal, in den Mittagspausen, scheint die Kantine tatsächlich ein Ort zu sein, an dem ausschließlich gegessen

wird. Dann kommen sie alle, die Mitglieder des Hauses, sitzen dicht gedrängt, nehmen ihre Mahlzeiten ein, wie in jeder anderen Kantine auch. Die Kantinenbewohner lassen sich häuslich nieder. Sie werden bis nach der Vorstellung bleiben, bis spät in die Nacht, denn hier spielt sich ihr Leben ab. Hier fühlen sie sich wohl, hier entfalten sie sich.
Um 14 Uhr sind die Proben beendet, viele bleiben, setzen sich wie Trauben dicht gedrängt an einen Tisch, an dem immer zu wenig Platz ist, in der nun leer werdenden Kantine. Etwas muß abgestreift werden. Nur zögernd verlassen die Schauspieler das Haus. Langsam versinkt die Kantine in ihren Mittagsschlaf. Eine träge Müdigkeit breitet sich aus. Selbst die Espressomaschine arbeitet verlangsamt. Die Kantinenbewohner sitzen verschlafen in ihren Ecken oder lernen leise vor sich hermurmelnd ihre Rollen. Im hinteren Kabinett wird Karten gespielt. Gedämpfte Rufe klingen herüber, es ist, als wären alle Geräusche auf Piano geschaltet.
Ganz plötzlich (um 18 Uhr) erscheinen die braunen Uniformen, gruppenweise, paarweise, in großer Menge. Übergangslos ist die Kantine überfüllt. Billeteur-Stunde. Breite, behäbige, gemütliche Leute, bei Bier, Gulasch und einem Vierterl geht es bald lustig zu in der Kantine. Plötzlich, wie sie erschienen sind, verschwinden sie wieder, die Uniformen, die gemütlichen Gesichter.
Die Overalls der Bühnenarbeiter, die weißen Mäntel der Garderobieren beherrschen wieder das Bild. Es ist, als ob jemand langsam die Instrumente stimmen würde. Behutsam, fast unmerklich, setzt die Ouvertüre ein. Das erste Zeichen ertönt, alles Verschlafene, Verlangsamte, wird abgeschüttelt, die Kantine rüstet sich für den Abend.

Schnell und laut läuft nun die Espressomaschine. Vereinzelt treten die Schauspieler ein, die meisten bereits kostümiert und verkleidet. Sicher und vertraut wohnen sie jetzt am Abend der Repertoirevorstellung in ihren Kostümen, eng verwachsen mit dem heute darzustellenden Menschen. Durch die Probenarbeit in eine feste Form gefügt, bereits beurteilt von Kritik und Publikum sind nun diese Wesen, die unter den Perücken und Bärten leben, endgültig hier erwachsene Menschen geworden. Manche schleppen mühsam ihr etwas verkrüppeltes, glück- und erfolgloses, unverstandenes Geschöpf mit sich und auf die Bühne, und es ist eine wahre Plage mit diesem ewig mißverstandenen Balg. Fast läuft man Gefahr, ihn nicht mehr zu lieben, sich nicht mehr mit seinem ganzen Herzen, mit Leib und Seele für ihn einzusetzen. Andere tragen es stolz vor sich her, ihr wohlaufgenommenes, wohlverstandenes, vom Erfolg beflügeltes zweites Ich. Zwar werden sie alle jeden Abend von einem neuen Publikum zu neuem Leben erweckt, müssen sich jeden Abend ihre Existenzberechtigung erkämpfen, aber ihr Weg ist bereits vorgezeichnet und unverrückbar. Wenn das dritte Zeichen ertönt, haben die Zuschauer auf der anderen Seite des Theaters die Plätze eingenommen. Die Vorstellung beginnt. Die Schauspieler verlassen die Kantine und begeben sich auf einen weiten Weg. Über Jahrzehnte, Jahrhunderte hinweg, in eine andere Welt, auf die einen Stock höher gelegene Bühne. Dort rollt nun ein von Leidenschaften, Liebe, Haß, Tod, Angst und Freude geleitetes Geschehen ab, an dem man hier in der Kantine einen sonderbar seitenverkehrten Anteil nimmt.
Mit Hilfe eines Monitors kann man je nach Bedarf den Fortgang des ablaufenden Schauspiels ermessen. An einem

kleinen Knopf gedreht, und schon kommen sie zu Wort, die Phantasiegeborenen, in der Probenarbeit hier Entstandenen, von den Schauspielern jetzt gelebt und jeden Abend neu geboren.
Zwischen den Auftritten kommen die Darsteller des Abends, auf einen Plausch, auf ein Paar Würstel. Nichts von dem Geschick des eben Erlebten ist ihnen anzumerken. Sie warten auf den Aufruf des Inspizienten, um sich zu erheben und das Schicksal des von ihnen Geschaffenen weiterzuführen. Ein Theaterabend wie jeder andere.

Vor der Premiere

Ganz anders bewegt sich das Leben in der Kantine vor einer Premiere. Die Kostüm- und Hauptproben dauern bis 16 Uhr. In dieser Zeit befindet sich der Schauspieler bereits in Quarantäne, ist eingeschlossen in dieses Haus. In Kostüm und Maske kann er es nicht mehr verlassen. Das Theater wird eine Festung, eine Welt für sich.
Noch ist alles im Entstehen, im Werden, der kreative Arbeitsprozeß noch nicht beendet. Die Schauspieler in ihren unfertigen Kostümen erscheinen nun als sonderbare Zwitterwesen, halb sind sie noch die Menschen des Alltags, der Realität, halb schon Figuren der Dichtung und Phantasie. Noch sind sie im Kampf, im Zwiespalt mit den Personen, deren Kostüme sie jetzt tragen, bewegen sich noch wie Suchende, eingewoben, verstrickt in die Schicksale ihrer noch fremden Menschen. Sie sind noch nicht ganz Herr geworden in ihrem neuen Ich, können noch nicht ganz frei darüber verfügen. Ihr tägliches Leben haben sie in der Garderobe noch nicht ganz abgelegt, um mit dem Kostüm

der Andere, der Gesuchte, im Moment allein Gültige zu sein. Das Knistern und Rauschen, das aus den Ecken kommt, ist spürbar, hörbar, liegt über der Kantine in der Luft, ist nicht zu übersehen.

Die große, mächtige, die unsichtbare Leiterin des Theaters, die Phantasie hat mit ihren bunten Kostümen Platz genommen und erfüllt den Raum. Zwischen fremden Zeiten, Welten, Dichtern und diesen merkwürdigen Menschen - in den etwas lächerlichen Kostümen, hält sie wortlos erregende Zwiesprache, erteilt ihre letzten Anweisungen.

Am Tag der Premiere stellt es sich ein, immer wieder, mit pünktlicher Regelmäßigkeit, sitzt in den Ecken, den Poren des Hauses, unweigerlich, unvertreibbar:

Das Lampenfieber

Diese Krankheit aus zitternder Angst, bangen Zweifeln und der irgendwo aus den Urtiefen der Kindheit kommenden Freude. Morgens treffen sich die Schauspieler noch einmal zu einer letzten Durchsprechprobe. Ohne Kostüm und Maske, ohne jeden Aufwand, werden die Rollen andeutungsweise skizziert, eine Lockerungsübung.

Das letzte Mal vor der Premiere sitzt man in der Kantine beisammen. Man ist sich nähergekommen, in den Wochen der gemeinsamen Arbeit, eine Gemeinschaft geworden. Nur die wohlvertrauten Gesichter, plötzlich wieder ohne Maske und Schminke, scheinen auf einmal fremd, irgend etwas hat sich verändert. Eine Spur der Rolle, die man so lang mit sich getragen hat, scheint hängengeblieben zu sein. Eine Falte, ein Zug um den Mund!?

Ganz plötzlich erfaßt es einen, es beginnt im Magen. Dieses Lampenfieber, das in der Luft schwebt. Man versucht es abzuschütteln, Herr zu werden über diese unsinnige Krankheit, spricht über andere Dinge, geht locker beschwingt auf die Probe, und das Lampenfieber frißt sich ein, verfolgt einen. Man kann sie nicht brauchen, jetzt nicht, heute nicht, diese Angst, die einen ohnmächtig macht, die Zweifel, die einen in die tiefsten Depressionen stürzen, und auch nicht die Freude, die jede disziplinierte Arbeit zerstört.

Nach der Probe verlassen die Mitwirkenden so schnell wie möglich das Haus, suchen Zuflucht in einer anderen Umgebung, versuchen dem Lampenfieber zu entfliehen.

Die Kantine ruht nun in sich, als würde heute abend nichts geschehen. Aber es ist eine verkürzte, trügerische Ruhe. Immer wieder gibt es ein paar Darsteller, die vermeinen, heute ohne Theaterluft nicht atmen zu können, die es hierher zieht, an den Ort der Tat. Stunden vor der Vorstellung setzen sie sich in eine Ecke, Text murmelnd, breiten sie es noch einmal vor sich aus, lassen es Revue passieren, ihr zweites Ich. Sie verlassen die Kantine, um sich nun in ihren Garderoben der Konzentration hinzugeben, zwischen Schminktiegeln und Kostümen, Textbuch und Perücken. Und das Lampenfieber kriecht die Magengegend hinauf und erfüllt zitternd den ganzen Körper.

Auch die Billeteure sind an diesem Abend andere Menschen, feierlich, erwartungsvoll, ihrer Wichtigkeit wohl bewußt. Heute scheint ihnen ihr Beruf besondere Freude zu machen.

Dann passiert es! Das unerklärliche, das fieberhafte, wun-

derbare, vibrierende Leben am Abend der Premiere.
Beim Bühnenportier haben sich Berge von Blumenarrangements angehäuft. In den Garderoben werden Geschenke in knisterndem Papier ausgetauscht. Das erste Klingelzeichen gibt das Finale zu einer schier unerträglichen Nervosität. Geschäftig, eilig huschen Garderobieren in weißen Mänteln, wie Krankenschwestern, mit kalten und heißen Erfrischungen, zwischen der Kantine und den Garderoben hin und her. Schauspieler kommen in ihren Schminkmänteln, Patienten gleich. Das weiße Perückenband, sachkundig um die Stirn gebunden, scheint die wild kreisenden Gedanken zu bändigen. Die Kantine gleicht nun einer Klinik für offen daliegende Nerven.
Feierlich, in festlichen Gewändern, erscheinen nun die Damen und Herren der Direktion, um die Schauspieler anzuspucken. Jeden einzelnen dreimal auf die rechte Schulter, ebenso feierlich, würdig, verschwindet der festliche Zug. Sie schreiten nun von Garderobe zu Garderobe, um diese ungemein wichtige Zeremonie an jedem Mitwirkenden zu zelebrieren. Undenkbar wäre eine Premiere ohne diesen uralten Theateraberglauben, der Glück und Erfolg verspricht. Das große Anspucken beginnt. Jeder bespuckt jeden, keiner darf vergessen werden. Dreimal auf die rechte Schulter, wobei die Spucke auf dem Kostüm von ungleich größerer Wirkung ist als auf dem Schminkmantel. Auf dem Zivilkleid ist sie fast wirkungslos. Stumm muß sie entgegengenommen werden, „danke“ zu sagen ist fast ebenso ein Vergehen, wie etwa, kaum wagt man es auszusprechen, im Theater zu pfeifen. Kollegen, die heute nicht mitspielen, die vom Zuschauerraum das Ereignis miterleben werden, kommen, spucken, bringen viel prickelnde

Nervosität mit und gehen. Der Regisseur ist völlig verändert. Sonst eine autoritäre Instanz, scheint er nun ein wenig hilflos, verstört, in seinem dunklen Anzug zu stecken, der hier auf dem Arbeitsplatz nicht zu ihm passen will und ihn ein bißchen kleiner erscheinen läßt. Mit überraschend monotoner Ähnlichkeit gleichen einander die Regisseure aller Länder, aller Städte, am Abend der Premiere. Völlig machtlos dem bevorstehenden Ereignis gegenüber, benehmen sie sich alle wie werdenden Väter vor dem Kreißsaal. Ihr Kind wird geboren, und sie können nichts dazu tun. Eine Zigarette, einen Whisky, einen Kaffee, eine Zigarette,... nichts anderes scheint ihnen einzufallen.

Das Spiel kann beginnen....

Fünf Minuten vor Beginn ertönt das dritte Zeichen, für die Mitwirkenden kaum mehr akustisch wahrnehmbar.
Es ist wie ein Stich ins Herz, wie wenn man das jetzige Leben beenden müßte, um ein neues zu beginnen. Man begibt sich auf die Bühne. In der Kantine wird es plötzlich leer und still, fast glaubt man, durch den Lautsprecher das Publikum, drüben, auf der anderen Seite des Theaters, atmen zu hören. Was sich jetzt ereignet, zwischen Schauspieler und Zuschauer, wird morgen in keiner Zeitung stehen. Strömungen, Wellen, Antennen, von der Bühne in den Zuschauerraum gelegt, niemand weiß, wie sie funktionieren. Wie wird es aufgenommen? Wie kommt es an? Wird das heutige Spiel ein gegenseitiges Verständnis möglich machen? Wird es gelingen, vorzudringen in die Bereiche wirklicher Anteilnahme? Oder wird man an eine Mauer von Unverständnis und Ablehnung stoßen? Oder, was noch schlimmer ist, an eine kühle Gleichgültigkeit? Das Spiel läuft und das Publikum antwortet, in seiner Sprache, beredt und wortlos, nach uralten Riten, verständlich in allen Ländern, allen Sprachen der Welt, mit dem Applaus. Er hört sich durch den Lautsprecher, nur für Fremde, wie ein Rauschen an. Nicht immer bedeutet er Beifall oder Zustimmung. Von eisiger Höflichkeit bis zur jubelnden Begeisterung ist sein Vokabular vielschichtig und nuancenreich. Hier wird er als der in der Spontaneität des Augenblicks entstandene, allein gültige Richterspruch aufgenommen und verstanden.
Der Vorhang fällt. Die Kantine füllt sich nun mit den Mit-

gliedern des Hauses, die aus dem Zuschauerraum kommen, um heftig diskutierend ein Glas Sekt zu trinken. Dann kommen die mitwirkenden Schauspieler des heutigen Abends mit nackten, ungeschminkten, entleerten Gesichtern, riesige Blumenarrangements in den Händen. Und es ist eine sonderbare Traurigkeit in ihnen. Sie werden umarmt, geküßt, mit Glückwünschen und Komplimenten überhäuft, oder auch peinlich übersehen. Und sie stehen da, als ginge sie das alles nichts an. Niemand kann sich diese Traurigkeit erklären, die einen Schauspieler überfällt, wenn der Vorhang gefallen, die Premiere beendet ist.
Man wird zu einer Premierenfeier gehen, die öde und langweilig sein wird. Man wird sich fremd, in einem fremden Lokal, fern der Kantine, wie entwurzelt gegenübersitzen und sich nichts mehr zu sagen haben. Die Schauspieler verlassen die Kantine und ihr Theater, müde, aufgewühlt,

traurig, glücklich, sensibilisiert von tausend Widersprüchen.
Der Josef Meinrad Platz umfängt ihn nun in nächtlicher Stille, mahnend an den großen heiter-traurigen Schauspieler dieses Hauses, der diese Welt bereits verlassen hat.
Der Raum rund um die Burg wird in leise Melancholie eingehüllt.
Nun, nach dem großen Spiel, ist auch dieser Platz verwandelt, kaum zu erkennen als ein lärmender, hektisch-betriebsamer, auf dem man fluchend einen Parkplatz suchte. Verwandelt, still und fremd ist er geworden, und von so würdiger Schönheit, wie es nur manchmal ganz große Schauspieler sind, wenn man vermeint, ihre Seele zu spüren, ihre Gedanken zu erfassen. Die plötzliche Stille spürt man fast körperlich, sonderbar klingen die Schritte der Schauspieler. Erst wenn die Autotüren zuknallen, der Motor anspringt, beginnt die Wirklichkeit, endet die Vorstellung.

Eine Lesung in der Frauen-Strafanstalt Schwarzau

Wir steigen in den Autobus ein, voll Zweifel und Beklommenheit. Ob das gut geht? Wie können die etwas aufnehmen und erfassen, von unserer Arbeit, diese Frauen, die schon seit Jahren hinter Gittern sitzen, denn wir kommen mit keiner leichten Kost. Wir werden Gedichte von der Busta, der Mayröcker, der Lavant lesen und wir werden einen Einakter spielen, der von einer allein gelassenen Frau erzählt, von ihren Wünschen und Sehnsüchten, von ihren Konflikten und Enttäuschungen, sehr sensibel ist unser Programm! Wir sind eine Gruppe von Schauspielerinnen des Burgtheaters, die sich zusammengetan haben, um neue Wege zu suchen.

Seit einem Jahr treffen wir uns regelmäßig. Wir haben bis jetzt zwei Matineen zusammengestellt und im Akademietheater gespielt. Wir haben einige aufregende Pläne in Arbeit. Wir laden Dichterinnen, Regisseure, Dramaturgen ein und treffen uns mit Leiterinnen verschiedener Frauengruppen, wenn wir glauben, daß sie uns Wesentliches zu sagen haben. Wir versuchen in den sehr männlichen Theaterbetrieb weibliche, lebenswarme Impulse zu setzen.

Und so sitzen wir jetzt im Bus, 10 Schauspielerinnen des Burgtheaters und fahren in die Frauen-Strafanstalt Schwarzau.

Dicke, weiße Flocken fallen, wir fahren durch eine Schneelandschaft zu fremden Frauen, die sich außerhalb der

Gesellschaft befinden. Mörderinnen, Diebinnen? Uns ist nicht wohl in unserer Haut.

Es erwartet uns ein Barockschloß, das so friedlich und schön hinter schneebedeckten Bäumen liegt, daß es schwer ist, sich all die Verzweiflungen und Leidenschaften, all die Abgründe menschlicher Verirrungen vorzustellen, die diese Frauen hier hergebracht haben mag.

Ein Gitter wird geöffnet. Es wird uns zu den Menschen bringen, vor denen wir uns mit Sicherheitsmaßnahmen aller Art umständlich schützen. Im Theatersaal ist es warm, fast gemütlich. Nichts von den Schrecken eines Zuchthauses ist hierzu sehen. Nur wenn man durch das Fenster schaut, über den Hof, hinüber in den anderen Trakt, sieht man vergitterte Fenster mit kaltem Neonlicht. Ob das die Zellen sind? Und ein wenig steigt das Unbehagen wieder auf und die Beklommenheit. Was wollen wir hier - wir, die „etablierten Burg-Damen", wie man uns, nicht ohne Spott, zu nennen pflegt, bei den Frauen, die dort drüben auf der anderen Seite des Lebens sitzen?

Und dann werden sie herein geführt, streng bewacht von Aufseherinnen und Polizeibeamten. Sie setzen sich und wir sehen in Frauengesichter und es löst sich alle Beklommenheit. Plötzlich haben wir die Gewißheit, daß es da einen Zugang geben wird. Das sind gar keine Ungeheuer, vor denen man sich durch Gitter schützen muß. Wir sehen in blutjunge Augen, hellwach und voller Neugierde, in ältere Matronengesichter, breit und hausbacken. Nur hier und da ein Gesicht, das uns absolut böse, verschlagen oder stumpf erscheint. Und dann beginnen wir mit unserer Arbeit, fern von allem Leistungszwang, fern aller sachkundigen Kritik, üben wir unseren Beruf aus, sind an seinen Ursprung zurück gekehrt, versuchen Herzen und Seelen zu öffnen, versuchen einzudringen in Verkrustetes. Wir flechten und weben die himmlischen Fäden, hinüber - herüber, von Frau zu Frau und jede ist beteiligt an dem unsichtbaren Gespinnst, keine kann sich ihm entziehen, und alle Gitter, alle Schranken scheinen sich zu öffnen. „Einsamkeit" heißt unser Thema.

Wir lesen Lyrik und Prosa, wir spielen unser kleines Stück über die Einsamkeit, die uns alle betrifft, die uns plötzlich zu verlassen scheint und sich, den geheimnisvollen Gesetzen des Theaters folgend, als Mit-Gefühl in die Herzen der Zuschauer senkt. Behutsam ergreifen wir sie, diese Fäden der Zu-Wendung und für Sekunden scheinen wir eine Gemeinschaft zu sein, verbunden durch ein hauchdünnes Geflecht der Verständigung.

Die Vorstellung ist beendet, und während die Frauen im Zuschauerraum, streng bewacht, den Theatersaal verlassen, Gitter geöffnet und geschlossen werden, während sich die Insassinnen hinüber in den anderen Trakt begeben, verlassen wir langsam die Strafanstalt Schwarzau. Und wir sind nicht bedrückt. Das Gefühl, diesen Frauen für einen Augenblick nahe gewesen zu sein, etwas in ihnen berührt zu haben, macht uns froh! Wir gehen durch den verschneiten Park, wir glauben einen Funken entzündet zu haben, der hinab dringt in die Bereiche der Anteilnahme.

Wir glauben an den Sinn unseres Berufes.

WAS IHR WOLLT !

Die ganze Welt
ist Bühne
und alle Frau´n
und Männer
bloße Spieler

Im Kaffeehaus in der Josefstadt

Es hat sie wohl immer gegeben, die Kaffeehäuser in der Josefstadt. Bürger, Künstler, Beamte, heißdiskutierende junge Leute, Liebespaare, sie alle geben dem Kaffeehaus seinen unnachahmlichen Flair. Der Geist der großen Kaffeehausliteraten scheint sich, trotz all der Schrecknisse, nicht ganz verflüchtigen zu wollen.
Jeden Nachmittag, genau zur selben Zeit, kommen die alten Damen, (und manchmal auch Herren) zum Bridge, auf ihre angestammten Plätze, um dort mit großer Ernsthaftigkeit ihr lebenswichtiges Spiel zu spielen. Um dieselbe Zeit, wenn die Dämmerung einsetzt und die Einsamkeit sich über die großen, leeren Wohnungen zu breiten beginnt, dann kommen langsam auch die anderen alten Damen, die der Kunst des Spieles nicht fähig sind.
Immer wieder öffnet sich die altmodische Kaffeehaustür, um eine dieser alten Damen aufzunehmen, die dann, eine verräterische Sekunde lang, den Blick durch den Raum gleiten läßt, als erwarte sie irgendwo Zuspruch oder Schutz, um sich dann auf ihren Platz zu setzen, als müßte sie doch auf irgend etwas warten. Andere setzen sich zu den kleinen Runden schwätzender Greisinnen, die den Raum bald mit ihrem sanften Gemurmel ausfüllen. Lieb sind sie, diese alten Frauen, manche haben kleine Perlen in den faltigen Ohren, eine Kette, oder eine kleine Brosche an den sauber geputzten Kleidern. Das sorgfältige Bemühen, Haltung zu bewahren, Krankheit und Traurigkeit, verbirgt sich tapfer hinter diesem kleinen Geschmeide. Hier bieten sie Trotz dem Alter, der Angst und der Einsamkeit, hier ist ihre tägliche Zuflucht, hier suchen sie Erholung von einem langen Leben, umsorgt von den Kellnern, diesen Unnachahmlichen.

Man weiß nicht, woher sie ihre Ausbildung, ihren Humor, ihren Takt, ihre Weisheit haben. Ratgeber sind sie, oft einziger Gesprächspartner und Freund. Mit einzigartiger Grazie bewegen sie sich von Tisch zu Tisch, servieren all die Turbulenzen und verworrenen Ereignisse der Wirklichkeit, tief verborgen in die Druckerschwärze der Tageszeitungen, zusammen mit duftendem Apfelstrudel und Kaffee. Unübertrefflich sind diese Josefstädter Kaffeehauskellner, in ihre warmherzigen, dezenten Elegance. Kostbare Relikte aus einer Zeit, die es vielleicht nie gab. Hier findet man nicht den armseligen Krampf der Pensionisten- oder Seniorenjausen, nicht die kalte Sterilität, wohlorganisierter Fürsorge. Hier sitzen die Alten, mitten im pulsierenden Leben der Stadt, in all ihrer Würde, als ein sinnvoller Bestandteil, ein ruhiger, beruhigender Pol, einer hektischen, aus dem Gleichgewicht geratenen Gesellschaft. In den Kaffeehäusern der Josefstadt hat man Zeit, läßt sie nicht verfliegen, hier hält man sie fest und betrachtet sie mit Muße. In all ihrer Kostbarkeit.

Die Eckensitzerin

Die Ecke in dem Kaffee ist ohne der Eckensitzerin nicht denkbar. Sie gehört in das Kaffeehaus, sie gehört in diese Ecke, die trotz ihrer Gegenwart, nichts von ihrer strengen Rechtwinkeligkeit verloren hat. Keinerlei Abrundung erfährt die Ecke, durch die stets in ihr sitzende Bewohnerin. Seit 3 Jahren erscheint sie, die Eckensitzerin, täglich um dieselbe Zeit, grüßt, von niemandem bemerkt, höflich nach allen Seiten, um sich dann, mit vielen kleinen, zierlichen Schritten auf ihren Platz, in ihre Ecke zu begeben, wo der Kellner, in gehöriger Distanz, die immer gleich bleibende Bestellung entgegen nimmt, die mit leiser Stimme vorgetragen, einer geheimen Beichte gleicht, und mit großer Diskretion sogleich höheren Ortes weitergeleitet wird. Nie hat irgend jemand im Umkreis dieser Ecke Platz genommen, oder gar ein Wort mit der Eckensitzerin gewechselt. Niemand ist ihr je auf der Straße begegnet, niemand weiß, wo sie sich aufhält, wenn sie nicht in ihrer Ecke sitzt. Keine andere Bestimmung scheint ihr das Leben zugewiesen zu haben, als in dieser Ecke zu sitzen und langsam zu verblühen. Ihr allmählich ergrauendes Haar, das Verwelken ihrer Haut, fügt sich unbemerkt der immer schäbiger werdenden Tapete in ihrer Ecke ein. So scheint auch das Wesen der Eckensitzerin, eingesponnen, in eine sich verfließende Einsamkeit, alles bunt verschlungene abgestreift zu haben, um mit dem Muster der Tapete eine Einheit zu bilden.

Doch beschützt von der unveränderbar-kantigen Beschaffenheit der Ecke, scheint sich die Eckensitzerin eine gewisse Unzerbrechlichkeit erworben zu haben. Ohne Traurigkeit und ohne heitere Hoffnung, mit einem Antlitz, auf dem Tränen und Lächeln eingefroren und vergessen worden sind, sitzt diese Übriggebliebene, allein gelassen mit ihrem ungelebten Leben, in der Ecke und läßt Stunden, Tage und Jahre ganz einfach vorüberziehen.

Die böse Schwiegermutter

Ihre Haare haben die Farbe der glanzlosen Semmelblonden.
Schwerfällig sind ihre Bewegungen, von penetranter Unaufdringlichkeit.
In ihrem teigig großen Gesicht bewegt sich der Mund, gibt Worte von sich, unaufhörlich, pausenlos, wie dickflüssiger Brei ergießt sich eintönig Geredetes. Unangenehm ist ihre Gegenwart, greift an die Nerven. Mit Gewalt versucht Inge aufsteigende Aggressionen zu unterdrücken. Nur manchmal passiert es ihr, daß sie getrieben von einer unerklärlichen Arroganz ihre Schwiegermutter zurecht weist, ungerecht, zu laut, zu grob. Doch sie verstummt gleich ein wenig angeekelt und hilflos, schämt sich. Es ist ihr nicht möglich, eine Spur von Zuneigung für diesen nicht liebenswerten, anmutlosen, plumpen Menschen zu empfinden.
Es ist ihr nichts vorzuwerfen, sie ist da, wenn man sie braucht. Vor einem Jahr hat man sie in Pension geschickt und seither kann sich auch Inge etwas freier bewegen, hier und da zum Friseur gehen, abends sich sogar mit Freunden treffen, versuchen, zu leben.
Inge beeilt sich mit dem Zurechtmachen, wählt das lustige, blaue Hütchen mit Krämpe und Masche an der Seite, das ihr Gesicht so hübsch umrahmt und die Augen noch größer erscheinen läßt. Sie küßt Ernsti, bekommt warmen Milchduft von zarter Kinderhaut, berührt widerwillig die weiße Wange der Schwiegermutter und kann endlich die Türe hinter sich schließen. Freiheit, zwei Stunden Freiheit. Sie läuft die Stiegen hinunter, nimmt gleich zwei Stufen auf einmal, wie sie es als Kind getan hat, befindet sich auf der Flucht, auf der Flucht vor dem dumpfen Gefühl in der Magengegend, das sie nicht verlassen will. Eigentlich

müßte sie einige Kunden besuchen, denn es sind schon lange keine Aufträge gekommen - zu lange. Das Gefühl in der Magengegend ist drückend, schwer wie ein Stein. Wie soll das weitergehen? Keine Aufträge, ein Berg von Schulden, Miete für Geschäft und Wohnung. Sie steigt in das Auto, hinten im Kofferraum liegen Entwürfe, Zeichnungen, Arbeiten von Wochen und Monaten. Längst hat sie es aufgegeben zu zeichnen und zu malen, wie sie es möchte, obwohl man ihr in der Akademie großes Talent, eine künstlerische Zukunft bescheinigt hat.

Aber da hat sie Peter kennengelernt und es war Liebe auf den ersten Blick. Groß und blond, den Kopf voll hochfliegender Pläne. Sie liebte ihn über alle Maßen. Und dann kam Ernsti und füllte ihr Leben aus. Nichts anderes gilt, als das Recht dieses Kindes, beschützt zu werden.

Inge möchte flüchten, vor den drückenden Sorgen, möchte auch flüchten vor der penetranten, nutzbringenden Mutterliebe, die jetzt ihre Schwiegermutter ausbreitet, über die Wohnung, die hervorquillt aus ihren vollen Taschen, die sie jedes Mal schwer keuchend anschleppt, vollgefüllt mit gekochter, gebackener, wohlzubereiteter Fürsorglichkeit. Keinen Funken Mitgefühl kann sie für diese von niemandem geliebte Frau aufbringen, an der alles stumpf und unschön ist.

Nie hat Inge das armselige Kabinett betreten, in dem ihre Schwiegermutter nun wohnt, seit dem Erich, der jüngere, geheiratet und sie ihm ihrer Wohnung überlassen hat. Sie bringt ihn mit sich, den grauen Geruch dieses Zimmers. Er strömt aus den vollbepackten Taschen, dieser Geruch von Trübsinn und Einsamkeit, der Inge jedesmal mit dem selben, nicht zu unterdrückenden Ekel erfüllt. Auch der

monotone, sinnlose Redefluß scheint ein Produkt dieses einsamen Zimmers zu sein.
Inge hat andere, hat ihre eigenen Sorgen. Sie muß ihre Familie erhalten. Peter arbeitet an seinen Plänen, bei denen er nicht gestört werden darf, die ihr wirr und unverständlich und etwas konfus erscheinen und sich bis jetzt nicht realisieren ließen. Inge will für ein paar Minuten hinaus ins Grüne. Frische Luft atmen, für Minuten sie selber sein, dann wird sie frisch und mit neuen Kräften die Kunden besuchen. Sie wirft einen kurzen Blick in den Rückblickspiegel und erschrickt. Eine fremde Frau schaut sie an, mit einem Zug um den Mund, der sich dunkel zum Kinn hinunter zieht, unerbittlich an etwas unfaßbares mahnend. Das Alter...? Der Hut mit der kindischen Masche an der Seite, wippt überaus lächerlich auf diesem ernsten Gesicht. Wie konnte sie sich nur so etwas Peinliches auf den Kopf setzten? Es nützt wohl nichts, sich zurück zu verkriechen in die Jugend oder in falsche, unpassende Sentimentalitäten. Weder der blöde Hut, noch Wiese mit Frischluft sind eine Lösung, auch nicht für Minuten, könne sie dieses ernste, alternde Gesicht verändern, das Wirklichkeit ist.
Sie fährt zu den Kunden und es passiert, was sie befürchtete: Ausflüchte, Entschuldigungen, kein Interesse, Absagen. Sie versucht es mit Scharm und Beredsamkeit, weiß, daß ihre Arbeiten den moderne Ansprüchen nicht entsprechen, weiß, daß ihr Geld fehlt, um das nötige Material zu beschaffen, wird sehr müde, verliert allen Schwung, allen Mut, will nicht mehr, möchte eine Schulter, an die sie sich lehnen kann, eine Hand, die sie streichelt. Leer, einsam, erschöpft, steigt sie ins Auto, möchte nach Hause.

Sie weiß nicht wie es weitergeht, hat keinen einzigen Auftrag. Das Gefühl in der Magengegend kriecht durch den ganzen Körper und heißt Ratlosigkeit und Verzweiflung. Wenn sie nur ein kleines Kapital hätte, etwa hunderttausend Schilling, dann wäre ihr schon geholfen. Ohja, mit hunderttausend Schilling wüßte sie schon, was zu tun wäre. Sie würde es diesmal nicht Peter geben, wie sie es bis jetzt getan hat, sondern wenn die Schulden bezahlt wären, frisches Material kaufen und sofort an die Arbeit gehen. Und schließlich müßten Peters Pläne sicher auch einmal Früchte tragen.

Aber Inge ist mutlos geworden. Sie glaubt nicht mehr an Peters große Pläne und Erfindungen, ist plötzlich sehr müde. Lang sucht sie einen Parkplatz, in der Nähe ihres Hauses. Warum ist diese Straße eigentlich so düster, so freudlos? Warum schauen die Fenster so ohne Glanz und abweisend auf sie herab?

Langsam geht sie die Stiegen hinauf und hört schon von Weitem Ernstis fröhlich, quiekendes Geplapper. Vorübergehend schwinden die Sorgen, es steigt ein Glücksgefühl in ihr auf, das aus mütterlichen Urtiefen zu kommen scheint und kein Mann der Welt verstehen kann. Sie öffnet die Wohnungstüre, es ist gut und warm, die Schwiegermutter hat den Kaffee schon bereit gestellt, wartschelt mit ihren geschwollenen Füßen zwischen Küche und Zimmer, redet, nestelt umständlich an ihrer häßlich - billigen Handtasche, nimmt etwas Undefinierbares heraus, legt es auf den Tisch. „Vielleicht kannst es brauchen?" Sie verschwindet in der Küche.

Ein kleines, grünes Büchlein liegt vor ihr, alt und abgegriffen. Sparbuch der Volksbank steht darauf, in goldenen

Buchstaben. Inge hebt es nicht auf, läßt es am Tisch liegen, blättert. Es ist vollgefüllt mit Eintragungen. Lächerlich kleine Beträge wurden hier sorgfältig zusammengetragen, Ersparnisse eines langen Lebens. Zweihunderttausend steht auf der letzten Seite.

Die Schwiegermutter ist bereits in Hut und Mantel. Die beiden großen, leeren Taschen in der Hand. „Wann soll ich wiederkommen? Rufst mich an?“ Sie gibt Ernsti noch einige Anweisungen mit Kuß und schließt geräuschvoll, schlüsselklirrend die Tür hinter sich.

Eine Frau geht …

Die Füße sind es, die ihr diese rührende Hilflosigkeit geben. Nichts können sie verbergen, wenn sie mit den ein wenig geschwollenen Fesseln, in ihren orthopädischen Schuhen steckend, ihren nutzlosen Weg gehen. Mühsam ist jeder Schritt und ein wenig schmerzhaft. Wohin führen sie diese vielen kleinen Schritte, die ihren ganzen Körper, ihr ganzes Sein, so sehr in Anspruch nehmen? Und was macht sie mit dieser sonderbaren Tasche, die sie so eng an sich preßt? Ihr Gesicht, das mit großer Ernsthaftigkeit jeden Schritt registriert, ist bis zu den Augen mit einem überaus lächerlichen Hut bedeckt. Wozu ist sie da, diese Frau ?? Sinnlos scheint ihre ganze kleine Existenz. Unvorstellbar, daß sie jemand braucht, oder auf sie wartet. Unvorstellbar, daß jemals Jemand mit ihr spricht!

Vielleicht kommt sie von einer dieser vielen verfallenen, verwahrlosten leeren Wohnungen, die viel zu groß sind für einen einzigen Menschen, wo man das Ich, in seiner Kleinheit, so trostlos wahrnimmt. Wo die Luft schwül ist und stickig von dem langen Leben, das sich hier vollzogen hat, wo Erinnerungen, Gedanken, Ideen vergilbt und schmutzig an den Wänden hängen.

Die Füße sind es, die dieser Frau, mit ihrer schweren Arbeit, des sich Fortbewegens, die Illusion einer Wichtigkeit geben.

Sie gehen mit unglaublicher Langsamkeit und Geduld, von den Vorbeigehenden überholt und nicht gesehen, mitten durch das Leben der Straße, ...einen Weg...

Das Ziel scheint ungewiß und nicht von Belang...

Die Sonnenblumen

auf der Zweierlinie

Die Zweierlinie ist keine Linie im eigentlichen Sinn, sie ist die völlig unrichtige, unlogische, schlampige Bezeichnung einer oder mehrerer Straßen, die nichts mit der Nr. 2 zu tun haben. (In früheren Jahren, als einmal die Zweierlinie noch Lastenstraße hieß, ist hier allerdings die Straßenbahn der Nr. 2 gefahren, doch mußte diese der U-Bahn und einem rasenden Autoverkehr weichen)....
Hier mitten auf der Zweierlinie stehen sie nun da, die Sonnenblumen aus einer anderen Welt. Fremd und keusch in ihrer lächelnden Ruhe, mit großen, gelben Gesichtern stehen sie einfach da...
Die Zweierlinie beginnt mit der Landesgerichtsstraße. Das Landesgericht oder kurz das „graue Haus“ genannt, hat ihr diesen streng-düsteren Namen gegeben. Doch hier auf der Zweierlinie scheint „das graue Haus“ nicht ganz so ernst genommen zu werden, wie es ihm geziemen würde, denn es ist umgeben von Beiseln mit lustigen Schanigärten und von gemütlichen Kaffeehäusern. Ein paar bescheidene Bäume sollen manchem Ausbrecher bei Dach- und Fassadenkletteereien, auf dem Weg in die Freiheit Schutz und Hilfe gewährt haben.
Erst wenn die Zweierlinie Auerspergstaße heißt, erhält sie ihre ernsthaft-geschäftige Nützlichkeit. Hier herrscht nun ausschließlich der Autoverkehr. Ungeachtet der prächtigen Palais Auersperg, Trautsohn, u.s.w., ungeachtet des Messepalastes und der herrlichen Museen, in die einzukehren einem glückselige Momente der Besinnung schenken, hat sich die Zweierlinie hier eine absolute Häßlichkeit anzueignen gewußt. Unbeirrt und trotzig versteht sie es nun, sich all den Schönheiten die sie umgeben zu widersetzen und sich ganz dieser grauen, kalten, übelriechenden Häß-

lichkeit hinzugeben. Denn die alles beherrschende, alles besiegende Macht gehört hier einzig und allein dem Autoverkehr! Ausschließlich diesem Verkehr, der sich in der Stoßzeit mit pünktlicher Regelmäßigkeit in den Körper und Seele lähmenden Stau verwandelt, hat der Mensch hier zu dienen. Mit Recht wendet Maria Theresia, am Museumsplatz auf ihrem steinernen Thron sitzend, der Zweierlinie beleidigt ihr mächtiges Hinterteil zu.
Hier in seinem Wagen sitzt nun der Mensch im Verkehr, im verkehrten Sinn des (miteinander) Verkehrens. Einsam vorwärtsstrebend, doch eingekeilt zwischen anderen Einsam-Vorwärtsstebenden. Eingekeilt, frustriert, gestreßt, haßerfüllt gegen den Nächsten, fern jeder heiteren Gelassenheit, unendlich fern den so nahen Schönheiten der Palais und unsterblichen Kostbarkeiten der Museen mitten auf der Zweierlinie, sitzt nun der Mensch...
Und in der Mitte dieses absurden Infernos lächeln gelb, unbeteiligt und geheimnisvoll die Sonnenblumen aus einer andern Welt.

Das Parlament

Politik, was ist das?
Nur keine festen Entschlüsse fassen, keine geraden Linien gehen. Rot? Schwarz? Blau? Grün?
Welch' bunter Regenbogen wird hier gemalt und durcheinander gebracht. Eine Mischkulanz von Worten, die nichts zu sagen haben, Ideen, hinter denen man nicht steht, die sich verändern und verwandeln, wie das Wetter im „Windigen Wien“.

Ein Mensch hat eine Idee

und geht damit

auf ein Amt

Er bekommt eine Idee... eine wunderbare, noch nie dagewesene Idee. Er beginnt sie zu zeichnen... Striche, Punkte, Kreise, Worte entstehen wie von selbst, fügen sich ineinander. Nächte, Tage, Monate vergehen wie im Flug, immer größer und schöner wird die Idee, immer begeisterter und wilder seine Arbeit. Neues kommt hinzu, altes wird verworfen. Endlich betrachtet er mit großer Ernsthaftigkeit und tiefem Stolz sein vollendetes Werk. Mit unendlicher Vorsicht und Behutsamkeit rollt er die Zeichnungen mit den Schriften von seiner wunderbaren Idee ein und geht damit auf ein Amt.
Er geht, beflügelt von der großen, schönen, ernsthaften Freude, wie nur jemand gehen kann, der eine Idee geboren, eine neue Schöpfung erfunden hat.
Er kommt zum Amt: 3. Stock, Zimmer 606. Er eilt die Stufen hinauf, wie jemand, der die Welt neu entdeckt hat, die Rolle mit der Idee trägt er voll Stolz unter seinem Arm, dicht an seinem Herzen.
Er sucht nach dem Zimmer 606, doch dort steht eine lange Menschenschlange. Er reiht sich als Letzer ein, fiebernd, seine Idee zu verwirklichen. Er kommt nur schrittweise vorwärts, kommt dem Ziel nur langsam näher. Endlich ist es soweit: Er öffnet beide Flügeltüren, tritt ein, beginnt nun die Rolle mit der Idee feierlich auszubreiten. Doch der Beamte reicht ihm einen Fragebogen, fordert ihn auf, das Formular vor der Türe auszufüllen. Er nimmt Idee und Fragebogen, geht vor die Türe, füllt die Fragen säuberlich aus, stellt sich wieder an. Jetzt nicht mehr mit der gleichen Geduld... Schritt, Warten... Schritt, Warten... Schritt, Warten... Er ist wieder an der Tür, die er nicht mehr ganz so siegesbewußt öffnet. Er will die Idee ausbreiten, doch der

Beamte deutet auf den Fragebogen. Zuerst muß der Fragebogen vorgewiesen werden. Korrekt und tadellos ist der Fragebogen ausgefüllt. Doch leider: Er ist auf dem falschen Zimmer. „4. Stock, Zimmer 709 ist das zuständige Ressort."
Er verläßt das Zimmer. Er steigt die Stiegen hinauf. Die Idee hält er fest umklammert, neben dem Fragebogen. Er findet das Zimmer 709, stellt sich in die letzte Reihe. Ein Schritt, Warten... Schritt, Warten... Schritt, Warten... Er wird ungeduldig, stößt mit den Ellenbogen die anderen Menschen in der Schlange, streitet empört, wenn sich jemand vorzudrängen versucht. Endlich ist er bei der Tür, klopft, öffnet, grüßt, macht einige Verbeugungen, zeigt beflissen zuerst den Fragebogen. Der ist in Ordnung. Nicht mehr voller Freude, nicht mehr voller Begeisterung will er die Idee ausbreiten. Doch leider: Die Dienstzeit ist auf dieser Abteilung beendet. Er muß sich im 1. Stock, Zimmer 102 an eine andere Dienststelle wenden. Gedemütigt und etwas ermüdet, steigt er die Stiegen hinunter, die Rolle mit der Idee ist schon ein wenig schäbig geworden. Er sucht Zimmer 102. Stellt sich an: Er erfindet Tricks, sich vorzudrängen, entwickelt eine eigene Technik, die ihn nun ganz in Anspruch nimmt, die er bald völlig beherrscht. In einem unbeobachteten Augenblick gelingt es ihm, zwei bis drei Menschen beiseite zu schieben. Er kommt in kürzester Zeit vorwärts, geradewegs bis zur Tür. Er tritt ein, zeigt Fragebogen und Idee, nimmt ohne einen Bescheid abzuwarten automatisch alles wieder an sich und verläßt das Zimmer. Er steigt die Stiegen wieder hinauf, in die nächste Abteilung. Endlich kommt er an die richtige Tür.
Aber da hat er vergessen, was er wollte. Irgendwie von weitem, schweben Erinnerungen vorbei, doch er kann die

Idee nicht fassen, sie ist ihm abhanden gekommen. Er hat seine Idee verloren.
Er sucht, nicht wissend was, auf dem Tisch, am Boden...
Die Idee ist nicht mehr da.
Gleichgültig, müde und ausgebrannt, ohne Idee geht er die Stiegen hinunter...

Der Türkenschanzpark

Nichts erinnert an die Türkenschanze, die diesem Park seinen Namen gab. Nichts an die grausamen Belagerungen, die lauten, schmerzvollen Kämpfe, an Furcht und Verzweiflung. Vergessen sind die vielen türkischen, österreichischen, deutschen, polnischen jungen Menschen, die hier ihr Leben lassen mußten, vor 300 Jahren.
Nichts Schrilles hat Raum in der stillen Unwirklichkeit dieses schönen Parks. Was ist es aber, das selbst die lärmende Phantasie der Kinder dämpft, sie still und fremd erscheinen läßt, wenn sie mit wohlerzogenen, mürrischen Gesichtern, auf den ihnen zugewiesenen Spielplätzen die Langeweile erlernen?
Was ist es, das selbst den Gesang der Vögel wie Abschied nehmen erklingen läßt, daß die Bäume in ihrer archaischen Ruhe diese seltsame Traurigkeit ausströmen? Auch die an ihren Stämmen angebrachten Schilder, die uns in wohl katalogisierter Ordnung Auskunft zu geben versuchen, über die ferne Herkunft der „Colorado Tanne“ oder des „morgenländischen Lebensbaumes“ oder der „Roßkastanie - Aesculus hippocalanum“, sie können uns nichts von ihren verästelten Geheimnissen verraten, die sich sanft über die blaß blühenden Wiesen breiten.
Zeitlos fließt die milde, schattenspendende Melancholie über die Schönheit dieses Parks. Sind es verwehte, längst verblichene Ängste, ist es die geheime Wiener Todessehnsucht, die sich hier niedergelassen hat, im Geäst der Bäume, im ernsthaften Spiel der Kinder?
Zuschauer sind die Erwachsenen, die hier spazierengehen, oder sich auf Bänken sitzend der Betrachtung hingeben, Zuschauer eines Schauspieles in dem sich die Gipfel der Bäume, die Amseln und Schwäne in gleichmäßiger

Harmonie bewegen und von der kühlen Gleichgültigkeit einer in Ordnung gebrachten Natur berichten.
Nichts von den bunten Turbulenzen des Lebens kann herüberreichen in dieses pastellfarbige Schauspiel des Vergessens, das hier gespielt wird.

Beim Heurigen

Die Bänke haben keine Lehnen. Eine eigene, hintergründige Aussicht bieten die darauf Sitzenden. Schulter an Schulter gedrängt, kehren sie den Eintretenden, oder auch den Dahintersitzenden den Rücken zu.
Doch dominierend, meist größer als der Kopf, schwerwiegender, gewichtiger als die übrige Rückenansicht ist der unterste Teil des Körpers, der hier festsitzt, seinen Teil der Bank beanspruchend. Die Sitzfläche, Gesäß, oder wie immer dieser Körperteil benannt, meistens peinlich verschwiegen wird, ist hier auf der lehnenlosen Bank, ungehemmter Betrachtung freigegeben.
In verschiedenen Größen, breit- oder schmalbackig, rund und vulgär oder zart und schüchtern, eckig-pedantisch oder ausladend-schwammig. Jeder hat hier mit dem ganzen Schwergewicht dieses seines Hinterteils seinen Platz auf der Bank bereits in Besitz genommen. Plastisch, in elementarer Einfachheit, ist hier zu sehen, wie das Große Mächtige, das Kleine Zarte stets in die Ecke zu drängen vermag. Dicht aneinander gereiht sitzt hier Gesäß an Gesäß und wer immer hier auf der Bank Platz genommen hat, muß dem Recht des Stärkeren Folge leisten.
Wenn sich auch die Köpfe in liebenswürdiger Unterhaltung einander zuneigen, so verrät doch die Sicht, die diese lehnenlose Bank freigibt, vieles, das vielleicht besser verborgen geblieben wäre.
Hier auf den ungedeckten Tischen, breitet sie sich aus, die Wiener Gemütlichkeit.
Schweinsbraten ißt man und Blunzen, Freunde werden getroffen, Bekanntschaften gemacht, mit den „Haberern“ sitzt man beisammen, Geschäftsverbindungen werden geknüpft, die nicht unbedingt einzuhalten sind, Vereinba-

rungen getroffen, die bald wieder vergessen werden.
Und zwischen Buschen und Weingärten, in heiterer Melancholie erkennt man, daß das Leben vielleicht nicht ganz ernst zu nehmen ist.

Johann Nestroy

ES GIBT EINE STADT DIE HEISST WIEN
DA WAR ALLS WAS NUR ANGENEHM IS DRIN
JEDER HAT AN WIEN SEHNSUCHTSVOLL DACHT
DENN DAS LEBEN IN WIEN DAS WAR A PRACHT
WIE SICH DAS JETZT HAT GSPALTEN
S`GEHT ÜBER D`BEGRIFF
D`SCHUSTERBUBEN RADIKAL
FIAKER KONSERVATIV
ES SITZT KEINER IN EIN WIRTSHAUS
DER NICHT IN SEIN HIRN
SICH DENKT WIE SCHÖN DAS WÄR
WENN ER TÄT REGIER`N

Johann Nestroy

Es glaubt kein Mensch
was der Mensch alles braucht,
bis er halbwegs einem Menschen gleichsieht !

Inhaltsverzeichnis

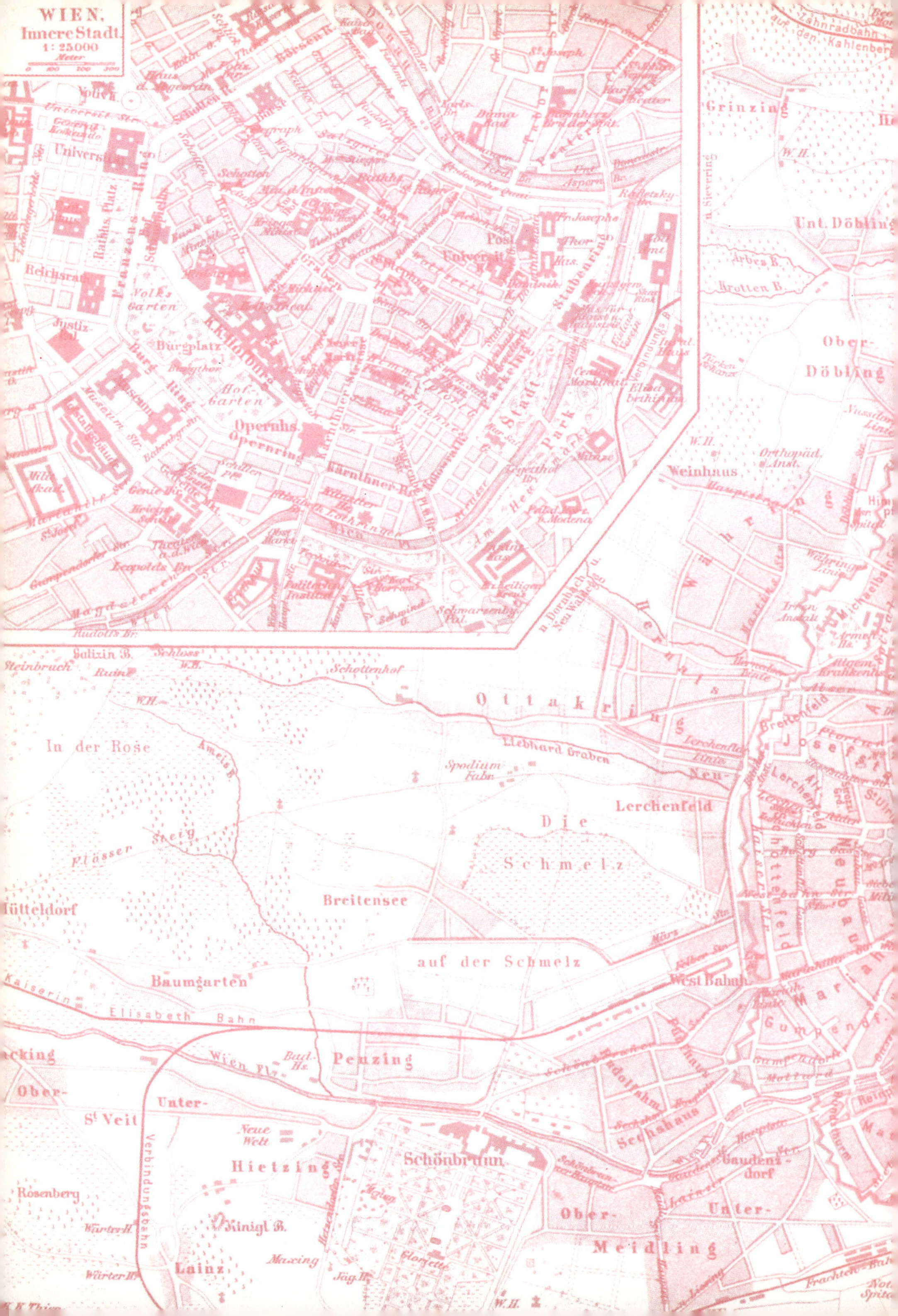
WIEN.
Innere Stadt.
1: 25000
Meter
Universität
Rathaus
Rathaus Platz
Reichsrath
Justiz Pal.
Volks Garten
Burgplatz
Hof-Garten
Opernhs.
Opernring
Kärnthner Ring
Stadt Park
Post
Grinzing
Unt. Döbling
Ober-Döbling
Weinhaus
Ottakring
In der Rose
Lerchenfeld
Die Schmelz
Breitensee
Hütteldorf
auf der Schmelz
Baumgarten
West Bahn
Kaiserin Elisabeth Bahn
Penzing
Wien Fl.
Ober-St Veit
Unter-St Veit
Hietzing
Schönbrunn
Rosenberg
Lainz
Maxing
Gloriette
Rudolfsheim
Sechshaus
Gaudenzdorf
Ober-Meidling
Unter-Meidling
Verbindungsbahn
Neubau
Mariahilf
Gumpendorf
Josefstadt